엄마, 수국을 보내드릴까 합니다

이채현 시집

엄마, 수국을 보내드릴까 합니다

경진
출판

차례

제1부 그리움

제2부 하얀 바구니

제3부 풀꽃

제4부 작은 새

작가 인터뷰

기도와 사랑의 시 혹은 침묵

엄마 그리고 사랑

○이 시집은 어머니에 대한 시로 구성되어 있다. 시인이 생각하는 어머니의 존재는 무엇인가?

　어머니를 하늘나라로 떠나보내고 그 부재는 그리움과 슬픔으로, 나뭇잎을 모두 떠나보낸 겨울나무의 실가지가지처럼 고독의 섬세함으로 많은 것을 곱씹게 만들었습니다.

　「마지막 선물」이라는 시에서 "엄마가 주신 마지막 선물은 엄마의 일생인 듯합니다./ 고단하셨지만 참아받은 헌신의 일생"이라고 표현한 것처럼, 어머니의 온 삶의 궤적이 자연스럽게 자애로 회상되며 나아가 그 구체적인 양태는 같은 시에서 "목단 같다 기억하렵니다./ 덕스럽고 묵묵하고 진중하고 너그럽고 둥실하고"라고 표현한 성정이셨습니다.

○시를 보면 어머니는 신앙의 대상과도 같다. 그만한 이유가 무엇인가?

신앙의 대상, 이 표현은 적절하지 않고요. 어머니를 존경합니다. 저의 어머니는 참 신앙이 깊으신 분이셨습니다. 어머니께서 가장 먼저 가톨릭에 입교하셔서 가족 모두 성당에 다니는 성가정이 되었지요. 늘 기도하는 모습이셨고 사랑도 참 깊으셨지요. 본인의 안위보다 모든 것을 보살피고 내어주신 희생과 인내의 삶이셨지요. 그리고 저희의 선택과 판단을 존중해주셨지요. 저희들이 자라오며 잘못하는 것이 많을진대 화내시는 모습을 뵌 적이 없고, 또한 미진한 점이 많을진대 항상 격려와 칭찬을 해주시었지요. 든든한 '사랑이자 벗이자 상담가'이셨습니다. 참 부지런하셨고 지혜로우셨고 이웃사랑도 많이 실천하셨습니다.

○어머니의 사랑 속에서 절대자의 사랑이 비친다. 그것은 무엇을 뜻하는가?

「사랑의 또 다른 이름」이라는 시에 "당신의 함의(含意) 직조하신 모성의 엄마께요."라는 구절이 있습니다. 이와 맥을 같이 하는 것으로 유대 격언에 "신은 모든 곳에 가 있을 수 없기 때문에 어머니를 만들었다."라는 표현이 있습니다. 어머니의 존재의 의미를 함축하는 단어는 '사랑'이 아닐까 싶습니다. 사랑이 표현되는 모습은 매우 다양하고 다채롭겠지요. 그러나 그것을 관통하는 본질은 (가톨릭의 입장에서는) '신'의 본질이고 그것은 타자를 위해 모든 것을 내어주는 '이타적 사랑'의 속성이라 생각합니다. 이와 같은 사랑이 '사랑의 또 다른 이름'인 '모성'이지요.

종교와 문학

○시의 행간에 종교적인 영성이 엿보인다. 시인에게 종교와 문학은 어떤 것인가?

종교와 문학. 다 인간의 의문과 꿈과 탐색에서 시작되지요. 종교는 절대자의 말씀에 온전히 순명한다면, 문학은 각 장르마다 문학적 양식이 다르지만 인간의 영역으로 열어 놓는다고 할 수 있지요.

제게 문학은, 특히 시는 제 나름의 고유한 시선으로, 내면에 투영되는 일렁임을 시적 형상화로 표현하는 것입니다. 여기서 '고유한 시선'이 종교에 닿아 있을 때가 많습니다. 제 종교는 가톨릭이에요. 따라서 '복음적 시선'이라 할 수 있고 이는 마음의 시선이지요.

저는 시에서 마음에 보이는 무늬를 종교적 시선으로 길어 올려 문학적으로 새롭게 표현하여 울림을 줄 수 있기를 희구하였습니다.

○이번 시집에선 유난히 꽃, 새, 나무가 자주 등장한다. 그 상징적 의미는 무엇인가?

꽃, 새, 나무. 애들은 집 주변을 산책하다 보면 자주 마주치는 친구들입니다. 그래서 유심히 한참 보곤 합니다. 인간의 탐욕을 부끄럽게 하고, 생명 있는 모두에 경이를 느끼게 하고, 참되고 선하고 아름다움을 배우게 하여 창조주를 생각하게 하지요. 특별한 의미라면 인간보다 더 신뢰하는 이상적인 자연의 가치지요. 「고해성사」라는 시에서 "당신 앞에 갔을 때 사랑하지 못한 짐 그득할 것 같네. 꽃과 나무와 새와 풀과 하늘에는 머무르며 어찌 사람들에게는 당신 닮으려는 사랑하지 못한 짐"이라고 표현한 바 있습니다.

시집에 여러 꽃이 나옵니다. 꽃의 모양, 꽃의 쓰임, 꽃의 전설, 문맥에 따른 함축미에 따라 시의 맥락 속에 실었습니다. 따라서 '꽃'의 상징적 의미는 꽃이 담긴 각 시에서 그 의미를 발견할 수 있을 겁니다. 대략 '꽃'은 성품, 심경, 그리움, 추도, 생명력, 희망을 상징합니다. '새'는 풀밭을 자박자박 걷기도 하고, 훨훨 저 하늘로 날아가기도 합니다. '지상으로서의 존재', '천상으로서의 존재'라는 상징적 의미를 두었습니다. '나무'의 상징적 의미는 봄 여름 가을 겨울의 모습에 따른 인생의 사계를 의미하였고, 생명나무인 절대자에게의 순명을 의미, 그리고 계절의 순환에서 특히 겨울에서 봄으로의 변화에서 새 생명이 돋아남에 '너머', 곧 '영원한 생명'을 상징하고자 하였습니다.

삶과 시와 기도와 사랑

○삶은 기쁨인가 슬픔인가 아픔인가 눈물인가 또 다른 그 무엇인가?

모든 것이 어우러져 있겠지요. 철학자 스피노자는 인간의 감정을 48가지로 분류하고 있습니다. 그만큼 인간의 삶은 복잡다단할 것입니다. 한데 삶에서 기쁨의 순간보다 슬픔, 아픔, 눈물이 더 많지 않나 생각해보게 됩니다. 기쁨의 순간은 우리가 바라던 바가 이루어지면 생기는 감정이지요. 이는 인생에서 점점 요원해지는 것 같습니다. 눈물 젖은 빵을 먹어야 하듯 쓰디쓴 고배를 마셔야 할 때가 있습니다. 한데 참 신비롭습니다. 절망과 좌절 속에서 허우적대던 거기서 진주가 되어 간다는 것입니다.

또한 여기서 주시해야 하는 것은 삶은 거대하기도 하며 미소하기도 하다는 점입니다. 우주만큼 광활하기도 하고 바늘귀만큼 좁을 수도 있다는 것입니다. 인간이 무엇을 꿈꾸며 어떻게 살려고 하느냐에 따라 그 차이는 매우 크지요. 고독 속에서 끊임없이 질문을 하고 생경한 답을 찾아 나설 때 삶은 폭넓고 깊어질 것입니다.

○시와 기도는 다른 것인가, 아님 어떤 유사성이 있는가?

시와 기도는 그 표현에 있어서 상이할 수 있습니다. 시는 시적 양식에 근거하여 창작할 때 더 흡입력 있게 독자가 향유할 수 있습니다. 하나 기도는 저 깊은 곳에서 올라오는 진정성 있는 솔직한 언어를 사용하면 됩니다.

기도는 절대자를 향해 마음을 열고 내면 깊이 내려가 대화하는 것으로, 거기서 길어 올린 기도를 시로 표현한다면 '기도'와 '시'는 연결되어 있습니다. 기도와 시는 내용적 측면에서 유사성을 지니고 있다고 할 수 있겠습니다.

이는 종교와 문학의 맥락과 궤를 같이 한다고 할 수 있겠습니다.

○이번 시집은 그야말로 사랑의 시집이라고 할 수 있다. 사랑은 무엇인가?

사랑의 층위를 구분하면 이성적 사랑, 우정, 이타적 사랑으로 나뉠 수 있지요. 현실에서 우리가 살아가는 모습에는 이들이 혼재해 있을 것입니다. 그런데 이 중 가장 이상적으로 지향해야 할 사랑은 예수 그리스도가 인간을 사랑하신 사랑 곧 이타적 사랑 아닐까요?

3부 '풀꽃'에서 신앙에 관한 글이 나오는데, 특히 「두레박」이라는 시에서 이를 표현하였습니다. "십자가서/ 사랑으로 못 박힙니다.// 십자가서/ 사랑으로 못 자국 생겨납니다.// 사랑은 우리를 위하심이지요./ 사랑은 서로를 위하라이지요." 예수는 자신의 피와 살 모두를 내어놓는 십자가의 죽음으로 인간을 사랑하셨습니다. 이는 생명으로 나아가는 길이 되었습니다. 이는 「귀뜸」이라는 시에 나타나 있습니다. "가장 큰 이가 가장 작은 이 되어/ 가장 높은 데서 가장 낮은 데로/ 가장 사랑 많아 가장 약한 이가 되셨으니// 죽음이 생명이 되셨으니"

이것은 우리도 온전히 내어주는 사랑의 삶을 살아가도록 깨칩니다. 예수는 말씀하십니다. "서로 사랑하여라. 내가 너희를 사랑한 것처럼 너희도 서로 사랑하여라."(요한 13, 34~35) 그 사랑은 고초더라도 이웃과 함께하기를 요청하고 그것은 부산한 세상 속에서 이루어지기를 요구하시지요.

○이번 시집은 그야말로 기도의 시집이라고 할 수 있다. 기도는 또 무엇인가?

기도는 영혼의 개안(開眼)으로 절대자의 은총과 사랑을 점차 감지하게 하며, 그분에의 갈망과 영원에의 열망으로 나아가게 합니다. 이 시선을 견지하며 일련의 시들을 창작하려고 하였습니다. 시를 쓰는 원의는 늘 복음을 전하는 계기가 될 수 있었으면 하는 것입니다. 그분의 사랑을 전하고 싶었습니다. 무한한 사랑의 절대자를 제가 감히 어찌 전할 수 있겠습니까만. 시들에서 저의 기도를 어렴풋이 파악하셨다면 함께 기도하는 마음으로 감상해주시고 나아가 삶에서 실현해 가시면 시는 겸손히 빛나겠습니다.

○사랑 혹은 기도는 이기적인가 이타적인가, 아님 또 다른 그 무엇인가?

삶의 현장에서 이것, 저것은 명료하게 구분되는 것이 아닐 것입니다. 사랑, 기도도 이기적일 때도 있고 이타적일 때도 있지 않을까요? 이상적 사랑은 이타적이어야 한다고 생각합니다. 자기에게 함몰된 사랑은 자기애로 한 톨 밀알 그대로 있게 됩니다. 그러나 밀알이 썩었을 때 열매를 얻게 됩니다. 사랑이 타자를 향해 있을 때 타자를 위해 행할 때 그 과정에서 갈등과 분열이 생길 수도 있습니다. 우리는 미완의 인간임으로 그것의 실천에 있어서 우리의 삶의 자리에서는 물방울처럼 쉽게 사라져버리곤 하지요. 이때 실망하여 포기하지 말고 점점 자라갔으면 좋겠습니다. '회복 탄력성'이라는 개념처럼. '회복 탄력성'은 다양한 시련과 역경, 그리고 실패 등이 주는 좌절감과 무기력을 오히려 도약의 발판으로 삼아 더 높이 올라가는 이른바 마음의 근력을 의미합니다. 그 마음은 뭉근하고 가난하고 깨끗하여 꿈과 희망과 성실성을 갖게 할 것입니다.

○사랑을 해야 하나. 용서를 해야 하나. 무엇을 해야 하나.

나의 옳음을 전제로 하여 타인의 잘못을 따지는 완고함에서 용서는 요원한 것이 되곤 합니다. 이 딱딱한 마음의 벽을 허무는 데는 무수한 서로의 부딪힘과 화해가 필요합니다. 여기서 나의 입장과 타인의 상황을 세심하게 헤아려보는 숙고와 성찰이 있어야지요. 이 과정을 거치며 점차 신뢰와 믿음이 커지고 사랑이 자랍니다.

바로 이곳에서 용서는 이루어집니다. 곧 서로에 대한 사랑으로 함께 지속적으로 부대끼며 살아가는 과정 자체에서 용서가 이루어지는 거니까요. 그리하여 사랑은 존재 자체만으로 귀함이 됩니다. 이때는 이미 용서함을 수용한 것입니다. 사랑을 함이 용서를 함입니다.

시 창작

○시를 쓰는 힘은 무엇이라고 생각하는가?

시가 발아하는 마음의 상태는 결핍, 갈등, 번민의 상태일 때가 많습니다. 고통 속에서 시가 태동하는 것이지요. 이럴 때 글은 자연스럽게 분출하는 듯합니다. 시는 자기 내면의 표현의 욕구와 뭔가 하고 싶은 말이 끝없이 생성되는 소통의 욕구에서 창조되는 것 같습니다. 지향성과 그 구체적 구현의 모습은 시인에 따라 다르겠지만, 세상과 시대와 사람에게 외면당하는 작금에도 이 길을 선택하여 감은 분명 시가 견인하는 뭔가의 추동력이 있다고 생각합니다. 그것은 영혼이 빚어내는 가치의 미덕일 것입니다.

○시의 힘이 삶의 고통을 견디게 할 수 있는가?

삶의 고통은 인생에서 여러 양상으로 찾아들 것입니다. 고통은 고독을 수반합니다. 고통의 한가운데 있을 때는 그 무엇으로도 견딜 수 없을 정도이지만 그 고비를 잘 극복하면 점점 단단해지는 면모를 지니게 되지요. 시는 영혼에 접근하는 예술로써, 그 영혼이 고통과 고독으로 힘겨운 존재일 때 시의 힘은 유효성을 지녀 그 고통을 보석같이 연마시킬 것입니다. 시는 어두운 밤 속에서 시의 창조자에게 시의 향유자에게 야생화같이 여리지만 강인한 견고함을 선물로 건넬 겁니다.

○삶은 희생하는 것인가 성취하는 것인가?

이분법적으로 명료하게 구분할 수는 없을 것 같습니다. 단 직위나 역할에서 어떠한 정신과 실행으로 삶을 살아가는가 하는 면에서는 살펴볼 수 있을 것 같습니다. 고 이태석 신부님의 삶을 바라보면 희생의 삶을 기쁨으로 사셨지요. 희생의 삶에 자발성이 있다면 바람직하다고 생각합니다. 성취의 삶에서도 공동선에 기여하며 산다면 의미 있는 삶이라고 생각합니다.

○이번 시집을 출간하면 꼭 하고 싶은 일이 있는가?

어머니가 계신 곳에 가서 곡진히 기도와 인사를 드리고 싶습니다. 책도 보여드리고요.

○시를 쓰는 시간은 언제인가?

산책이나 외출에서 얻은 생각, 성경을 읽으며 떠오른 기도를 점점 형상화해 나갑니다.

쓰는 시간은 오후이고, 쓴 글은 바로 수정하기 시작하여 꽤 여러 번 고칩니다.

○주로 읽어온 국내 시인의 계보를 말한다면?

가톨릭 신자인 시인의 시들을 읽어왔습니다.

윤동주 시인, 최민순 신부님, 김남조 시인, 김형영 시인, 정호승 시인, 강은교 시인 그리고 김상용 신부님

○이번 시집에서 혼자 조용히 낭독하고 싶은 시 1편을 꼽는다면?

「깊은 사람」입니다.

　어머니의 임종을 못했습니다.

　이른 아침 전화가 왔어요. 어머니가 위급하시다고요. 정신없이 집을 나섰습니다. 마음은 조급한데 주일 아침이라 대중교통이 없는 거예요. 길에서 한참을 머물다가 어찌 병원에 도착하였습니다. 어머니가 계신 병실에 갔는데… 아, 어머니가 조금 전에 영면에 드셨다고요. 어머니를 어루만지며 울며 소리 지르며 무너져 내렸습니다. 엄마, 왜 혼자 쓸쓸히 가셨어…. 이 시를 짓고 읽을 때마다 그때의 심경입니다. 먹먹하기 그지없고 목까지 울음 차오릅니다.

「깊은 사람」

　　엄마 하늘나라 가시기 전 일곱 달 반

　　아기가 되신 엄마

　　기저귀에 숟갈에 색동실타래를 주시다니요.

　　성당 제대 앞 모퉁이서 당신의 발에 박힌 큼지막한 못이 보였습니다.

　　어찌할 줄 몰랐을 당신 제자들의 황망함이 중첩되며

　　조각조각 소환해 오는 토마스의 다락방

장례식장 빈방에서 조문을 받으며

하얀 국화꽃 속 향이 타오르며

당신의 천국에 가셨을 거라고

한데

엄마, 너무 보고 싶어

먼 길 마지막 길 왜 혼자 쓸쓸히 가버리셨어.

제1부 그리움

흔적

배롱나무꽃잎이 흩날렸나 봅니다.

비 온 뒤

바람 분 뒤

화전(花煎)*을 내어주시다니요.

엄마의 정성

당신의 섬김

*화전(花煎): 꽃잎을 붙여 부친 꽃전

깊은 사람

엄마 하늘나라 가시기 전 일곱 달 반
아기가 되신 엄마
기저귀에 숟갈에 색동실타래를 주시다니요.

성당 제대 앞 모퉁이서 당신의 발에 박힌 큼지막한 못이 보였습
니다.
어찌할 줄 몰랐을 당신 제자들의 황망함이 중첩되며
조각조각 소환해 오는 토마스의 다락방

장례식장 빈방에서 조문을 받으며
하얀 국화꽃 속 향이 타오르며
당신의 천국에 가셨을 거라고

한데
엄마, 너무 보고 싶어
먼 길 마지막 길 왜 혼자 쓸쓸히 가버리셨어.

십자나무꽃

구순 꽃나무

새들도 알아 우짖고
태양도 알아 뜨겁고

당신처럼

곱게 내려 포로 감싸고
박힌 못 자국 쓰다듬고

산딸나무꽃*

*예수님이 짊어지신 십자가를 만든 나무로 알려져 있으며, 꽃잎은 십자 모양을
  하고 있다.

마지막 선물

빈집에 엄마가 가득합니다.
엄마는 없는데 엄마로 그윽합니다.
저희들 정원은 저마다의 꽃내음으로 엄마를 기억합니다.

목단 같다 기억하렵니다.
덕스럽고 묵묵하고 진중하고 너그럽고 둥실하고

엄마가 주신 마지막 선물은 엄마의 일생인 듯합니다.
고단하셨지만 참아받은 헌신의 일생
엄마, 고마웠어요.

이 봄

앞으로

　저물어가는 꽃나무 아래를 지나갈 때는 곡진한 인사를 드리겠
습니다.

이 생(生)

　저물어가신 엄마께 마냥요.

마무리

　견뎌내느라 견뎌내시느라 파삭하게 질 때까지

사랑의 또 다른 이름

엄마 아프실 때 엄마를 위하며 살고 싶었어요.

제단에 제물처럼, 그랬으면 싶었어요.

포도나무에 가지처럼, 그랬으면 싶었어요.

당신의 함의(含意) 직조하신 모성의 엄마께요.

밤꽃

새들은 어디로 갔을까.
참새도 안 보이고 비둘기도 없고
나무들도 음습하고
먹구름이 덮인 하늘이고

검푸른 허공을 응시합니다.
잠들지 않은 잎들이 일렁입니다.
메마르고 건조한 밤입니다.

이렇게 흐린 날 엄마는 어디로 가셨을까.
최고의 형벌 중 하나는 사랑하는 사람과의 단교라 생각합니다.

시공간 속으로 사라져버린 엄마의 영육
애잔히 피어나 하루를 어떻게 지냈는지도 모르는 흐느낌입니다.

이별

베갯잇에 눈물이 고입니다.
뉘셨던 침상 곁이면

낯익은 손발의 감각으로 나무
꼬옥 껴안고 싶습니다.

옥빛 잎 도란도란 가슴팍으로
포옥 안아주세요.

그리움

낙화의 꽃잎 곱게도 포개져
주일 그 아침 햇살이 이고 가신 즈음
동물처럼 울며 지상의 벽을 더듬었지요.
우리 모두 못다 한 말 많아
우리 모두 못다 한 사랑 많아
또 봄이 온다면 또 꽃이 핀다면

먹먹함

무질서한 기억들에 아름다운 한 편 한 편이 선연한 꽃길을 만듭니다.

지나간 것들 모든 것이 아름답게요.

짙고 슬픈 눈동자에 후회와 회한의 문양이 싸락눈마냥 흩날립니다.

곱게 접어 눈물에 놓아두려고요.

반지

엄마는 하늘나라에 계셔 오늘 의원 갔다 오는 길 텅 빈 지상이라 눈물이 흘렀어요. 이 마음 저 마음 날아도 앉을 가지 하나도 없었어요. 오랫동안 엄마 잊지 못할 것 같아요. 엄마의 그 수많은 사랑을 어찌 잊겠어요.

말하지 않으면서도 말하는 묵언의 긴 울림

엄마 병원에 계실 때 무너지면서도 막 뛰어가고 싶었어요. 뵙는 게 너무 좋아서. 세상에 왔다가는 흔적은 사랑일 거예요. 그분 앞에 갖고 가는 것도 사랑일 거예요. 엄마의 유품인 사랑을 담는 깊음이 되려고요.

장미꽃다발

뒤늦게 비추임입니다.

엄마의 숲
엄마의 샘
엄마의 품
엄마의 향
엄마의 숨

당신의 이끄심에도 왜 그리도 아둔한 자아였는지요.
가시 많은 장미꽃이었는지요. 장미꽃다발 가슴에 안으시며 아
프셔도 그래도 웃으실 엄마와 당신을 뵙습니다.

기도송이

둥둥 떠다니는
몇 구절의 시어(詩語)를 찾아다니다가

책상을 물리고 펜을 놓고 되돌아 나왔습니다.

계시었어요.

산길
문빗장에 야생화 하얀 묵주

나무꿈

엄마는 나무 같다.

하야스름한 꽃잎을 낳으시고
파르스름한 잎새를 키우시고
누르스름한 알곡을 거두시고

비어가시듯
기도하시듯
하늘이시듯

뿌리, 하라 하시는 사랑에 닿습니다.

소녀

엄마, 수국을 보내드릴까 합니다.

파랗게 응결된 기도꽃

고독에서 망울망울 맺힌

순도 높은 참회일까요. 파릇한 그리움의 파문일까요. 정성껏 드리는 분향일까요.

귓불에 드리고 싶은 말

　매일 이른 아침이면 엄마의 병상 물품들이 쌓인 비닐봉지를 들고 아파트 쓰레기 기기로 가곤 하였습니다. 가을 겨울 봄 여름, 학생들이 등교하고 있었고 맑은 기운과 푸른 하늘이 나무와 지평에 닿으며 청아한 하루가 시작되고 있었지요. 참된 고통이 배태하는 것은 절망의 희망. 저는 자연에 순화되며 또 하루를 시작하였습니다.

　이즈음 그 정경들마저 사무치게 그리우니 엄마, 정말 사랑해 미안해

엄마의 눈물

여름이 다가오며 엄마의 증상은 점점 나빠지셔 요양병원에 가셔야 할 상태가 되었습니다. 이에 엄마는 거부를 표현하셨습니다.

그래서 요양보호사께서 말씀하였지요. "어머니, 스텔라*를 생각하셔서라도 음식을 드시고 스텔라를 위해서 몸을 움직이셔야 합니다." 저도 가까이 다가가 머리를 쓰다듬어 드리고 손을 어루만졌습니다. 그제야 엄마는 돌아누우시고 입을 여시었습니다. 그때 감은 엄마의 눈가에는 촉촉이 눈물이 저며 있었습니다. 그 눈물을 저는 잊지 못할 겁니다.

*가톨릭 신자들은 세례 때 세례명을 지어 받는데, '스텔라(stella)'는 저자의 세례명이다.

빈손

엄마가 병상에 계실 때 제가 물었지요. "엄마, 미워하는 사람 없어?"

엄마는 그랬어요. "미워하는 사람 없어."

또 물었지요. "엄마, 삶이 고통스럽지 않았어?"

엄마는 "고통스럽기는, 괜찮았어."

'어떻게 살아야 할까?' 내면의 언어에 희미한 답을 찾은 듯합니다. "주님 아니었더라면 나 살 수 없었어." 엄마, 저도 그럴 것 같아요.

엄마 떠나시고

엄마는 병고 기간 안에 참 많은 사랑의 마음이 담긴 언어를 건네주셨습니다. 엄마의 언어는 깊은 언어였지요.

엄마는 저와 함께 하트를 그리며 "사랑해" 하는 몸짓과 웃음을 참 좋아하셨습니다. 몇 번이고 되풀이하셨지요.

끼니때마다 드린 죽을 잡수시고는 매번 꼭 "감사합니다.", "고맙습니다."라는 인사를 잊지 않으셨습니다.

엄마와 저는 밤이면 나란히 누워 기도와 두런두런 얘기로 사랑의 고귀함과 영원성을 꿈꾸며 주님께 나아갔습니다.

제2부 하얀 바구니

사슴

훗날 당신 앞에 섰을 때 펼쳐질 두루마리
당신을 뵈러 가는 길목에서 말갛게 영혼을 수련하게 하소서.

오늘도 초록 진한 나무들 사이를 걸었습니다.
흐르는 사계로 생명에의 순명을 배우게 하소서.

생명이 소멸하는 듯한 겨울나무에서 봄이 다가오듯
너머를 희망하게 하소서. 찬란한 향연에 우리는 갈 테지요.

유한함 속에서 무한을 사는 길
기도 안에 당신이여 찾아오시어 우리는 사랑의 정원이 되겠지요.

수(繡)

당신 다가오시는 꽃길
하얀 바구니를 준비하겠습니다.

꽃잎을 찻잔에 나려
수줍음으로 붉게 물들겠습니다.

오련한 꽃빛 사이사이
하늘빛깔을 섞어 드리겠습니다.

당신 계심에 저희가 있고
저희가 있음에 당신 계심입니다.

한가위

달님이 만개하였어요. 밤하늘에요.

구석구석 오시네요. 누추한 이곳에 오시다니요. 마음을 곱게 엽니다.

향기가 지척을 유영합니다. 따스함으로 희망이 삽니다. 아름다운 얼굴들을 기도합니다.

잠든 세상 다녀가시다니요.

마음밭

먼 저 산자락 넘어 먼 저 개여울 넘어
하늘이 묻고 바위가 묻고 흙이 묻고 강물이 묻고 잎이 묻고 햇
살이 묻고
굽이굽이

피어나는 순전
서 있는 이 자리 오솔길 이 마음
당신이 좋아졌다네. 좋다네, 타자에 내어주는 길 그늘이 앉다
가는 자리

밤송이

우리는 누군가를 위하여 살 때 진정 행복하대요.

맞는 십자가를 주시었다고요.
너무 커 너무 무거워 너무 곧아 너무 파래 너무 가시나무라.
　짓이겨진 상흔을 견디며 따가운 가시껍질을 벗기면 맑고 밝은
하양 밤이 태어납니다.

　당신 함께 해주시었다고요.

산길

청태(靑苔) 낀 돌계단 풀섶 표지,
"어떤 순간에도 그분을 선택하십시오."

초입(初入)

"자꾸 그분에게 끌리는 것을 어떡해."*
벗 되셔 한 톨 밀알 되셔 그리스도 향 되셔.

*의과대학을 졸업하고 다시 가톨릭대학교에 가겠다는 것을 반대하는 어머니에
 게 이태석 신부님은 이와 같이 말하시며 울었다고 합니다.

선물

당신이시여,
가을꽃다발을 제 문 앞에 놓으시고 제 마음을 살짝 열어주십시오.

비움
채움

가난한 마음에 하늘을 초대합니다.
가난한 식탁에 이웃을 초대합니다.

함박눈
함박꽃

꽃삽

하늘에 담긴 나무,
은빛별이 매달렸어요.
온유한 햇살이 끌어안고요.
작은 나비 나풀나풀 인사하고요.

삶의 바구니에 꽂아주신 어느 가을날 따라 한참을 걸었습니다.

겹꽃
가시도 자라겠지요.
슬픈 꽃잎 떼 울어버리면
아름다운 생각이 치환되겠지요.

나목

흐르는 시공간 속에서 그대들의 사랑을 발견합니다.
사랑에 서툴러 그 담겨진 마음을 볼 줄 몰랐습니다.

당신이 심어주신 사랑은 모든 이에게 있는 것이지요.
심연 기도로 길어 올리면 깨끗한 마음으로 보겠지요.

둘러싼 외피를 걷어내고 순수의 속살을 캐내렵니다.
흐르는 시공간 속에서 그대들과 사랑을 수놓습니다.

보고 싶다

꽃은 화려
잎은 수수

꽃은 잠시
잎은 오래

별 같은 꽃
달 같은 잎

꽃 같은 아버지
잎 같은 어머니

흰 눈

시월에 첫눈이에요.
설악산 단풍나무예요.

붉은 잎에 하얗게 서렸어요.
눈꽃

이고 지고 있어요.
힘겹지 않아요.

먼 길
바삐 온 벗인 걸요.

봄 그리는 숲

사람이 이 세상에 와서 한 생(生)을 사는 것이 왜 이리도 힘겹
다 생각되는지요.

생명나무
뿌리가지,
자비의 정수
자유의 진리
신비의 믿음
절망의 희망
기도의 순진
이웃의 수용
나눔의 실천
인내의 수행
관용의 용서
자아의 겸손
식별의 지혜
회심의 눈물
이미 이전 당신의 섭리 당신의 은총

겨울이 다가오고 있어요. 흰 눈 나리면 새하얀 세상마냥 우리
순백의 아름다움이라면요.

글짓기

문 밖 한기 아래 나무같이 서 있었어요.

종일

시를 써내려가겠다고요 뚝뚝 떨구는 한 장 한 장

시어(詩語)

삶은 무거운가요, 삶은 아름다운가요.

고통으로 눈망울에 설운* 때

진심이고 싶어요.

연둣잎

*기본형: 섧다

연필

절망을 깎는 검은 심
밤하늘 별꽃을 그린다.

단발머리

나더러 목련꽃 같다던 여고 동창
그때는 그냥 웃었었는데
이제는
풀밭 꽃길 지나며
그 소리 듣고 싶네.
이 겨울 지나고 또 봄이 오면
목련꽃 아래는 꼭 걸어보련다.
함박웃음 터트리던 그런 날들이었다.

나마저 없는

있을수록 좋아지는 이 있을 수 있을까.

나에게서 그대들의 문양이 차츰 드러나면서
천은 뒤틀리고 실은 끊기고

거리(距離)에 붉은 꽃나무 한 땀 한 땀

나에게서 그대들의 문양이 차츰 뒤덮으면서
천은 다채롭고 실은 이어지고

있을수록 좋아지는 그대들이 계십니다.

지음(知音)*

나와 나
나와 그대들
잰 걸음.
사람과 사람 사이
그저 친구라면 좋겠어서
친구.
하얀 눈발 같은 안개꽃을
점점이 써서 부친 어느 날들.
엄마한테서 답이 왔다.
그리고 봄날 어느 날 터지는 꽃나무 아래 학, 너희를 종이 아니
라 친구라고 부르겠다는 예수 그리스도에게서 정중한 사랑이 왔
다. 그 하얗게 날아 살 수 있겠어.

*지음(知音): 마음이 서로 통하는 친한 벗의 비유

꽃샘추위

제 기도가 당신께 닿는지요.
하늘 높디높아 여쭈어봅니다.
새들에게 전해 달라 할까요.
아니, 당신은 제 안에 계시니
한데, 당신은 어디 계십니까.
자비 행하는 가난한 마음에요.

착한 사마리아인에게

놓아버리고 싶을 때 내밀어 붙들어주시어 눈물은 자라며 밤을 수놓으며 어찌 살아가고 있습니다.

무엇을 해드릴 수 있을까 하고요.

아침 햇살이 빛나는 이파리 한 장 한 장을 봄 속에서 떼어 보내 드리고자 합니다.

제3부 풀꽃

당신을 읊조리기만 하여도

온통 당신으로 가득한 제 마음. 사랑이 찾아왔나 봅니다. 발자취도 없이 살며시 제 앞에 섰나요. 당신 있음이 제가 사는 이유임을 아시나요. 당신으로 가득하여 숨길 수 없는 기쁨. 봄 여름 가을 겨울, 들꽃 안고 벌판을 뛰어다닙니다. 당신 만나러 가는 길 헤진 발일랑 꽃잎으로 싸매겠습니다. 햇살 가득 머금은 꽃잎이 되어 주십시오. 지금 그리고 먼 훗날까지*

*「내가 사는 이유」(이채현, 『그대에게 그런 나였으면』, 으뜸사랑, 2012, 28~29쪽)를 수정한 글이다.

심연

애잔한 울음
꽃피는 언어
따스운 미소
수려한 눈빛
푸르른 내음

인격적 만남

검은 밤을 수없이 두드리는 굳은 담을 수없이 비추이는

당신으로 우리

기다림

색동실타래
둥근
또 같은 질문, 당신은 왜 침묵하고 계시냐고.

또 같은 답변, 아니 우리가 사랑해야 하지 않겠냐고.
서늘한 매듭
꼬인

하얀 국화

마른 나뭇잎 뒹구는 11월의 공원

영정 사진 속 하얀 웃음 떠나가기 전
침묵의 꽃밭

망인(亡人) 송이송이

당신 품 안
십자나무 하얀 꽃망울 후두두

제대 앞 화병에 꽂으시는 기도 필 거

두레박

십자가 갈수록 무겁습니다.

십자가 수타 넘어집니다.

십자가 곳곳 못 박힙니다.

성당 십자가 당신을 바라봅니다.

십자가서
사랑으로 못 박힙니다.

십자가서
사랑으로 못 자국 생겨납니다.

사랑은 우리를 위하심이지요.
사랑은 서로를 위하라이지요.

침묵의 당신께서 이 자그마한 등에

담쟁이

담 아래 발목 늘 응달
잎은 움츠리고 있어요.
무릇 생(生)이 추워요.
당신은 아무 말이 없어요.

봄

당신을 펴 덮어주시나요.
무릇 생(生)이 밝아요.
조금씩 얼굴 따스하게
푸릇한 가슴 자라나게

생존

휘어짐만
그리 멀찍이

당신과 세상, 두 주인을 다 섬길 수는 없다지요.

부러짐만
그리 가까이

잎더미 흔들리는 것은

십자가에 오르신 당신,
못 박으시오 외치는 회칠한 무덤

잎더미 살아가는 것은

청푸른 청징함,
걷어내려 검붉은 덩굴

고해성사

당신 앞에 갔을 때 사랑하지 못한 짐 그득할 것 같네. 꽃과 나무와 새와 풀과 하늘에는 머무르며 어찌 사람들에게는 당신 닮으려는 사랑하지 못한 짐. 사람들서 상흔이라 초라한 변명한다면 꽃 한 송이 정도의 사랑은 될까.

단풍을 아름답게 하신 건 낙하하게 하신 건 묻히게 하신 건, 생명이 너머로 건너가는 길에서 채비하게 만드시는 거라, 가로수 아래를 걸어오며. 사람들 상흔들 여물게 하여 꽃 한 다발은 될 사랑을 당신께 드리려.

떡잎

살아갈수록 사랑이 생긴 모양에 대한 질문 인다.

오늘 만난 이는 십자가서 2000년 못 박혀 있었다.

짓이겨진 피땀 흘리던 그 닦아주는 향기가 곳곳서

참사랑 그, 때문. 사랑할 때는 예수 그리스도 때문.

농부

참포도나무에 붙어 있는 가지*

긴밤 나뭇잎 스치는
새벽 빗방울 스미는
한낮 뙤약볕 지나는

송알송알 영글어가는 열매들

*요한 15, 1~17('나는 참포도나무다' 참조).

은하수

흘러온 강물들 본류서 머물렀던 것 같아요. 막힌 지류의 가녀린 물결. 그때 당신을 몰랐어요. 지금도 당신을 잘 알지는 못해요.

당신은 왜

당신은 수틀에 의미 있는 수를 놓으시며 기다리고 계시나 봐요. 실밥이 맺힐 때마다 아름드리 수가 몰래 빛나고 있음을요.

착한 목자

여기가 어딘지 모르겠어요.
고개 숙여 풀잎 먹으며 타박타박 왔는데

친구 양들이 보이지 않아요.
혼자예요. 어떡하나.

서산에 해 넘어가고 어둑어둑
두려워요.

이리저리 두리번거려도 맴돌 뿐
미세하게 감지되는 부르심

캄캄한 밤에 등불을 달아주시네요.
내음 맡고 걸음걸음 찾아드는 생명의 길

뿌리

고해소 안,
사랑 잘 못하는 사람입니다.
용서 잘 못하는 사람입니다.

십자가. 저마다 맞게 지으시고 다듬어주시는 제 십자가 숨은 것
도 보신다 하셨으니 당신 아시는 수타 마음문양길 돌밭 가시덤불
넘어서 그저 당신으로 살고 싶습니다.

어느 날,
당신은 그저 사랑이십니다.
당신은 그저 용서이십니다.

귀띔

별도 검다 달도 검다 나무도 검다 산 능선도 검다, 밤
지새우며

가장 큰 이가 가장 작은 이 되어
가장 높은 데서 가장 낮은 데로
가장 사랑 많아 가장 약한 이가 되셨으니

죽음이 생명이 되셨으니

하늘은 늘 있고 사람은 풀잎이란 생각
모두 크나큰 고통의 이슬 디디고 있다는 생각
뿌리 깊어져 아름다운 풀꽃더미 피어날 거라는 생각

깨어

속 보리.
골방과 회당

끝 베리.
밀과 가라지

참 오리.
겨자 씨앗과 하늘나라

마뜩한 볕

벳자타 못 가 주랑에서 서른여덟 해나 앓는 사람,
예수님이 물으신다. "건강해지고 싶으냐?"*
예수님은 그의 병을 낫게 하신다.
산다는 것은
살아내는 거
의탁하는 거
서른여덟 해,
삶을 포기하고 싶었을 무수한 날들의 고통에
그러나 살아 있을 수밖에 없었을 생명의 고뇌에
한편으로 못에 내려가면 살 수 있는 한 줄기 희망에

*요한 5, 1~18('벳자타 못 가에서 병자를 고치다' 참조).

눈(眼)

　의식주인 일상을 씻으며 하루를 씻습니다. 보이는 것들은 씻겨
나가는 거라 변화가 있습니다. 저도 참 씻고 싶습니다. 안개에 갇
힌 듯 자아에 싸인 듯 의혹이 되새겨짐에 번민입니다. 당신은 완
전하신 분. 매일매일 저 먼 겟세마니 언덕에 가서 제 뜻이 아니라
당신의 뜻을 헤아리려 이루어지려 읍소 기도를 드려야겠습니다.
고통도 허락하시는 사랑의 면모에 결국 당신의 이끄심으로 귀결
이겠지요. 당신이 씻기심입니다.

참회

무수히 쌓인 진 나무에
삶에서 정직한 거 눈물
곡절히 흰 숲의 묵도를

우리

공평히 내리는 밤일까. 공평히 뜨는 태양일까.

짐

하늘의 새들처럼 있다면요. 들에 핀 꽃들처럼 있다면요.

꿈

영혼은 사랑을 견인하고. 연민은 연대를 견인하고.

당신

제4부 작은 새

가신 길, 엄마

지상과의 이별은 그 7월 초록 이른 아침
가셨음을

꽃삽으로 가꾸시던 밀

가셨음을
지상 너머 영원한 생명으로 당신이 환대하시며 반겨 맞아주실
곳으로

생명

겨울나무 피려 할 때 실가지가지 자라는
꽃이 오려합니다.
말감 고움

견뎌주시었는데
기도하시었는데
당신의 뜻이신지요.

끝까지 지켜드리고 싶었습니다.
날아 앉은 작은 새
그러하나

잎

엄마라서 엄마니까 참사랑짐 지셨던 울 엄마

낙엽이 툭 나립니다.

흙에서 와서 흙으로 간다지요. 당신에게서 와서 당신에게로 간다지요.

하늘 보며 드리는 기도 몇 소절. 떠오르는 기억은 감사가 흐릅니다. 용서를 청합니다. 묵묵히 매일 오르셨을 힘겹고 고되고 가파른 삶길. 하나 꿋꿋하셨던. 엄마와의 기억에 아로새겨져 있는 사랑 흠뻑 닮아가겠습니다. 영원한 생명인 미지의 세계에 계신 엄마께 지금 여기서 해드릴 수 있는 것은 간곡한 기도겠지요.

열매

빈 밭

충실히 농사지은
좋은 땅일 거

비취빛 낟알
긴 꽃향기

아프게도 사랑하시어

작별 인사

마음에 꽃나무가 피고 있어요.
그대들이 심어주셨지요.

꽃인 그대들
녹음인 그대들
단풍인 그대들
빈가지인 그대들

우리 함께했음으로
어우러진 그대들 추억하여 준다면요.

홍엽

지기 전 참 고와라, 뚝뚝 떨어지는 마음 받아 안고 참 아름다웠노라고.

벽에 걸린 꽃들이 말라가듯이, 그리움도 파삭해져 가겠지요.

눈 감을 때까지 피어 있어 주세요. 그러면서 산은 먼 데 바라본다.

좋은 날

모처럼 아름다운 먼 여행 떠나신 엄마

엄마, 별님에서 보아요. 달님에서 보아요.
엄마, 창문 넘어 찾아오세요.
엄마, 지금은 밤빛
엄마, 새색시 옷 버선발로
엄마, 아버지 등에 업혀 오신다면요.

뜰에 앉아 손가락 세며 하늘 바라보는 아이

석류

오늘도 엄마가 꿈에 오셨다.
자주 오신다.
엄마 생각 깊어서라고 언니가 그랬다.
붉음 농익어 그저 머무름
닿아
꿈 때마다마다 오신다면요.

봄나무

햇살 조용한
외딴곳 성당

기다림으로
님이 오시면

헌화(獻花)
님이 이끄시는 데로 갈 거야.

꽃비 눈동자에 닿으시며 강물에 띄우시며 건너오시는
새꽃

뿌리 자라는
몇 구절의 기도를 가꾸겠습니다.

사랑한다면

글로 쓰고
사랑한다 한 번 말씀 드리지 못했습니다.

그 면에
엄마는 책갈피를 꽂아두셨더군요.

가슴이 덜컥 내려앉았습니다.
엄마는 얼마나 외로우셨을까.

어리광 부리며 살가운
저는 그런 딸은 아니었습니다.

'엄마, 사랑해' 또 마음속으로 되뇝니다.
깊은 엄마 닮았나 봐요. 저

애야

네가 살포시 잠들었을 때 깰까 조심조심 거닐었다. 너를 위해 다짐했다. 모든 이들이 돌아서 버릴 때 너의 지기가 되어 주고 너의 그 선하고 사람 좋은 큰 눈의 꿈을 푸르게 키워주고 싶다고. 초록이 무성한 큰 숲속, 그 숲속으로 스미는 몇 줄기 태양에 새들이 노래하고 풀잎이 일렁이는 아침. 밤의 어둠을 지나 아침을 맞이하지. 어둠이 점점 밝음이도록 내어주는 빛마냥 내어주는 사랑 많은 삶을 살아가도록 기도한다.

가시었어도

흐린 하늘 아래 나무들이 서 있습니다.

고목을 봅니다.

지상은 여름의 문 앞

계신 듯 가신 듯

하루하루

계실 때보다 더 계시는

그리움이라는 것

화장

민낯
엄마와 나

꽃나무
아래 서 있으면

봄날
색색꽃잎이 발라주겠지요.

동행

비둘기 콕콕 모이를 먹고 있다.
후드득 뜰까 멈춰 서 있었다.

훨훨 날아가면
그제야 나도 날아온다.

끼니

한 끼의 엄마
한 끼의 밥
한 끼의 기도
한 끼의 말씀
한 끼의 시(詩)
한 끼의 창밖
한 끼의 자아
한 끼의 타인
한 끼의 세계
한 끼의 인내
한 끼의 슬픔
한 끼의 벽
한 끼의 아버지
한 끼의 애련함
그리고 당신

삶의 그릇에 녹아 생명력 있게 한 삽 한 삽 반석 위에 짓는 집이
기를

흰 꽃다발 두고 나오며

뉘십니까.

은빛 물결 너른 호수 저어가는
은빛 허공 둥근 누리 걸어가는
은빛 구름 높은 하늘 날아가는

추모공원 흐르는

시리도록 청정한
아버지*,
겨울나무

까치 몇이 자박자박 풀밭을 거닙니다.

*가톨릭에서 '하느님'을 친근하게 이르는 말

님

의미를 꿰어

시(詩)

몇 마디 향기 짓기 위해 일생 님꽃이려
그릇 안팎 삶 곧기 위해 일생 님샘이려
저잣거리 생명 피기 위해 일생 님나무려

기도

침묵에 내려

다시 파아란 가지

떠나가버린,
실나뭇가지
그리웠어라.
고독했어라.
섬세했어라.
회심했어라.

허무를 배웠어라.
가치를 배웠어라.
연민을 배웠어라.
환대를 배웠어라.
새순 돋아날 즈음
새 봄빛

기도

쌓인 때 그릇을 사유의 여정으로
닦아가게 하십시오.

불편함으로 싸매진 들보를 풀어
헤아리게 하십시오.

고단함으로 지친 밤의 허무를
승화하게 하십시오.

순수함으로의 증여에 참행복을
깨쳐가게 하십시오.

환희로 인생의 길에서 이웃과
함께하게 하십시오.

엄마, 수국을 보내드릴까 합니다

ⓒ이채현, 2023

1판 1쇄 인쇄__2023년 02월 15일
1판 1쇄 발행__2023년 02월 25일

지은이__이채현
펴낸이__양정섭

펴낸곳__경진출판
　　　　등록__제2010-000004호
　　　　사업장주소__서울특별시 금천구 시흥대로 57길 17(시흥동) 영광빌딩 203호
　　　　전화__070-7550-7776　팩스__02-806-7282
　　　　홈페이지__https://mykyungjin.tistory.com
　　　　이메일__mykyungjin@daum.net

값 10,000원
ISBN 979-11-92542-23-2 03810